JN022988

恵方道

EHOUMICHI

Fujita Komayo

藤田駒代句集

ふらんす堂

茨木和生「真味求心」より

「真味求心」は、結社誌「運河」誌上に茨木和生主宰（現名誉主宰）が各月の投句作品について選評されたものです。本句集に収録した三句について、先生のご了解を得て転載しました。

次々と献魚届きて放生会

放生会といえば、九月十五日の京都府八幡市石清水八幡宮の放生会が知られているが、（中略）祇園放生会も最近知られるようになってきた。京都市内にこれほど川魚屋や川魚を扱う料理屋があったのかと驚くほど、鯉や鮒、鰻などが次々と放生会の場に運ばれてくる。どちらの放生会に参加しての詠かはわからないが、「次々と」という措辞から祇園放生会だと私は思っている。

（平成二十三年一月号）

踏切の向かうは古墳鵙日和

踏切の向こうに大きな前方後円墳があった。南海本線淡輪駅から歩いて、淡輪漁港、ヨットハーバーを吟行したときの句である。大阪・難波駅から来ると淡輪に入る手前に踏切がある。野に続く一本道の踏切であるが、古墳の裾はその道に及んでいる。

この句、「踏切の向かう」という措辞が、古墳に沿って鉄路の走っている地形をよく表している。それに、季語の「鵙日和」がその日の天候をよく伝えている。澄み切った日の光に充ちた青空に鵙の鳴き声のよくひびいている日である。

この古墳は宮内庁の管理するものではないようだが、この地を支配した大王クラスの墓とも思える大きな前方後円墳であった。鵙が鳴きたてているのにふさわしい古墳だったと私はその時思った。

（平成二十五年一月号）

干店に牡丹鍋出ておん祭

　おん祭は季語としては「春日若宮御祭」の略称と言ってよい。季語となる以前から、大和の地では通称のおん祭で通っていた。例えば、「祭じまいはおん祭」と。おん祭は春日大社の摂社、若宮の祭礼で、十二月十五日から四日間催行される。ハイライト（一般的に）は、お渡りと呼ぶ十七日の時代行列である。この時代行列を見るために集まってきた人々を相手に、三条通りに干店（露天商）が並ぶ。

　私の少年時代は粕汁を食べさせたり、川蟹（藻屑蟹）を茹でて売ったりする干店が軒を並べていた。ところが、いつのころからか、川蟹が獲れなくなって高価なものとなり、干店に並ぶことがなくなった。その代わりに出て来たのが牡丹鍋である。寒いころだからよく売れたのだろう。珍しさも手伝って「おん祭」の名物になっている。

（平成二十五年四月号）

序

藤田駒代さんと初めてお会いしたのは、平成十九年八月、京都の龍谷大学を会場に開催された公益社団法人俳人協会の現代俳句講座に同大の社会人コースの学生として参加され、その運営に係わっていた時である。四日間の講座だったが、何時も最前列で熱心に受講されていたのを鮮明に覚えている。この講座が俳句を作るきっかけとなったことは嬉しい。その年の秋「運河」に入会、本格的に俳句に向き合われたのは、龍谷大の卒業後で入会して三年経ている。しかし、その後は積極的に吟行や句会に参加される。茨木和生先生の「俳句はとどまらず前へ進まなければいけない。前へ進まなければ後へ戻ってしまう。」の言葉に感動、「俳句を作るという営みは、一歩ずつ山道を登るようなものなのだろうと思います。（中略）さらなる高みを目指す弛みない歩みです。」と記される。この駒代さんの向上心が、その後の活躍に繋がっていることは言うまでもない。

「鳳」俳句会には、平成二十九年に同人として入会され、当初より吟行や句会のお世話、又、俳句総合誌や他結社の秀句を鑑賞する「俳句探勝」を長い間執筆される等々、「鳳」の運営になくてはならない存在なのは、会員の誰もが認めるところである。駒代さんの生まれは大阪市に隣接する兵庫県尼崎市で、大学も大阪、その後も大阪市に住まわれている。

昨年、駒代さんから句集を編む相談を受け、十二月に駒代さんと、当時の「運河」主宰、茨木和生先生のお宅へご挨拶に伺う。句稿をご覧頂き、あたたかいお言葉とご助言に感謝申し上げた。また、「運河」誌の選後の言葉、「真味求心」

の転載もご快諾頂く。私が序文を書くようにとのご指示をお受けした。只、ご療養中だった御主人が昨秋逝去され、この『恵方道』をご覧頂けなかったのは駒代さんは言うに及ばず、表紙の絵を描かれたお嬢さまも、その想いはさぞかしと拝察する。ご逝去のあと暫くして、句集上梓への思いは変わらないと聞き、深い哀しみを乗り越えてゆこうとされる決意を見た。

ここに句集『恵方道』のご上梓をお祝い申し上げる。

『恵方道』には吟行句が多い。それらは佳吟である。お読みいただくとお分かりいただけることだが、眼前のものの把握が確かで、衒いの無い言葉が佳句を成している。決して目立つ句ではないが、底力を感じさせる。

羽たたむ鳥のごとくに白菖蒲　「春を待つ」より
沙羅の花白磁の光持ちゐたり
藻濁りの中より金魚浮き来たる

返したる裏も真つ黒毒茸

夏来る孔雀の羽に海の色　「恵方道」より

きはやかな胸毛の縞目青葉木菟

クリオネに透ける潮色春浅し　「春浅し」より

空の色纏ひて来たり雪蛍

日の色に背をかがやかせ春の鹿　「お山焼」より

鹿の子の四肢震はせて草に立つ

鴨潜くらし美しき水輪三つ

当初抽出した句から更に選んだ。白菖蒲の、沙羅の花の、孔雀の羽の色、雪蛍の句の研ぎ澄まされた感性。金魚の、鹿の子の、春の鹿の句に見られる眼の付けどころの良さ、そして生き物への優しさが言葉に表されている。毒茸の裏まで黒いことの驚きが、きりっとした詠み振りにより、言葉以上のものを感じさせている。鴨の句の推量の言葉が、水中と水面の躍動を表し、おのずと情景が目に浮かび、水輪を離れ鴨が浮き出てくる様子も想像させる。
自然を大きく捉える事も吟行で培われた一つだ。

山背の空はけぶりて桐の花　「春を待つ」より
田水沸く空どこまでも縹色
梅雨夕焼棚田は峠近くまで　「恵方道」より
タンカーの十三ノット鳥雲に　「春浅し」より
植田澄む湖北の空の色湛へ
伊吹嶺の雲払はれて鴨の昼　「お山焼」より
郭公や山毛欅に明るき朝の雨
日は海へ移り六甲山凍つる

ここに挙げた句は、眼前のものと、それらを取りまく自然の大きさを讃えている。それは季語であったり、詠み込まれた物であったりするが、どこまでも自然体の駒代さんが表れている。自然を詠むには、先ず己がその中に心身を委ねることが大切ではないだろうか。

校章は碇のかたち鰯雲　「恵方道」より
たくましきをみなの腕麦熟るる　「春浅し」より
夏空や放蝶館のガラス屋根
貝寄風や入日大きく茅渟の海　「お山焼」より
玫瑰や廃船にある遠き日々

二句一章の形をとり、二つの違う空間（場面）にある物や事柄を詠んだもの。ここまでに挙げた句にも二句一章の形の句は見られたが、第二章「恵方道」からは切れの良く利いた句が見られる。付け合せともいうこの形を会得するには、佳句といわれる俳句を多く読むことが大事と駒代さんは既に認識され、作句と同様に読むことにも勤しみ、挑戦し力をつけて来られた。「校章は」の句は季語が良く利き大きな句になった。「たくましきをみなの腕」の句では「麦熟る」が健康的な女性を申し分なく表出する。「夏空や」の放蝶館は一緒に吟行した時の句で、箕面公園の中にある生きている蝶を年中館内に放している建物は、ガラスの屋根から見える夏雲が眩しかった。「玫瑰や」の句では廃船の遠く過ぎ去った日々を思い遣っている。この抒情は初期の作品に見られなかったように思う。これらの句は抽出した句の一部だが、切れを活かし、読者をその情景に引き込んでいる。

また五、六年前から参加されている探鳥会で得られた句も見られる。都会に住まわれる駒代さんにとって、探鳥は吟行とは違う楽しい時間に違いない。その上に句が授かれるのは、自然に謙虚に接しておられるからではないだろうか。

風待ちの峰は快晴鷹渡る　　「春浅し」より

落雁の刹那の風を受けにけり　「春浅し」より

寒禽の声雄岳より雌岳より　「お山焼」より

これらの句に説明は無用である。月山や北海道での佳句も視点がしっかりしている。観光地と呼ばれる地であっても視点が揺るがないのは次の句群に表れている。

大花野より月山を仰ぎけり　「恵方道」より

露けしや出羽月山の行者道

羽繕ひして丹頂の恋始まる　「春浅し」より

開拓の直線道路辛夷咲く

廃坑の蝦夷山桜芽吹きけり

外海に白き船影防風摘む　「お山焼」より

風の盆胡弓に混じる水の音

ご逝去に間に合わなかったが、御主人を、御主人の故郷を詠まれた句。

ふるさとを離れし夫の長崎忌　「春を待つ」より

退院の夫に新米炊きにけり　「春浅し」より

ふるさとの山の霧島躑躅咲く　「お山焼」より

養生の夫に粥炊く朝曇

「長崎忌」の句は遠く離れたふるさと長崎を想っておられるだろうと、気持ちを推し量っての句。新米を粥を炊き、療養を支える日々を大事に過ごしてこられた。さらりと詠まれているが、御主人への気持ちが伝わって来る。

干店に牡丹鍋出ておん祭　「春を待つ」より

踏切の向かうは古墳鵙日和　「春を待つ」より

結社賞の「運河賞」受賞の対象となった句で、転載の茨木先生の御評「真味求心」を味読いただきたい。

フィナーレの喝采銀杏散りにけり　「お山焼」より

最後に最も心を動かされた句を挙げ、第一句集『恵方道』の上梓を讃え、これからのご健吟を祈り、更に次へのステップとなることを願っている。

令和四年二月　雨水の日

浅井陽子

恵方道＊目次

装画・田淵ちあき

句集

恵方道

第一章　春を待つ

平成二十七年（二〇一五年）まで

春を待つ丘の風車を修理して

春泥を蹴つて陸上競技の子

ぽんぽん船の銀橋潜る花の昼
花散らす風に光のありにけり

白蝶の花飛ぶごとく来たりけり
貝寄風に雲も吹き寄せらるるかな

伊賀上野にて

煤けたる梁太し田楽屋

鋏研ぐ蓑虫庵の屋根替に

囀や蓑虫庵のなづな塚

野蒜摘む根元を引けと教へられ

鮊子漁戻る航跡伸びやかに

教会の壁に日時計風光る

縮毛の二十五菩薩練供養

本堂は落語に沸いて練供養

美しき縞蛇過る五月かな

ほの甘き大和当帰茶くすりの日

羽たたむ鳥のごとくに白菖蒲
沙羅の花女人堂へと磴上る

山背の空はけぶりて桐の花

峰寺のなほも高きに桐の花

渓流の始まるところ朴の花

山毛欅林の中の洋館閑古鳥

夏祓近江の葭を潜りけり

靴の泥落とし茅の輪を潜りけり

ほととぎす帽子を取りて聞きにけり

ほととぎす念じてをれば鳴きくるる

沙羅の花白磁の光持ちゐたり

沙羅の花女人堂まで薫りけり

縺れ合ふ光引きつつ蛍飛ぶ

薄羽蜉蝣流るるやうに飛びにけり

田水沸く空どこまでも縹色

峰雲や次女が跡継ぐ湖魚漁師

草いきれ巻き込みて来る池の風

水馬に雨の水輪の重なりぬ

斎牛は但馬の黒毛御田植祭

花街の幟も立てて御田植祭

あんなにもゐて稚金魚のぶつからず

藻濁りの中より金魚浮き来たる

剝き上がる干瓢の白輝けり

干瓢干す風に甘さのありにけり

豆乳で割る延命の一夜酒

物忘れ笑ひ飛ばして茗荷汁

祇園会　二句

鉾立や全景見ゆるまで下がる

長刀の切っ先にある夏の雲

六道の辻に片陰なかりけり

草市を覗きて鐘の列に付く

車座に信徒十人施餓鬼寺

お絵像の眼鋭し施餓鬼寺

うつくしき男の指《および》風の盆

蚕の宮を丘に祀りて風の盆

駅前に鷗来る街秋暑し

ふるさとを離れし夫の長崎忌

鶏頭の怒れるごとく咲きにけり

返したる裏も真っ黒毒茸

可憐とも放恣とも見え萩の花

窯変の花器に秋草あらまほし

月の道招提寺より薬師寺へ
さにつらふ万葉乙女萩の花

鴨川にて

次々と献魚届きて放生会

魚影濃く砂に落して水澄めり

男根を祀れる棚田豊の秋

踏切の向かうは古墳鵙日和

鴨来る水濁りたる運河にも

その下に人の憩ふ木小鳥来る

花咲けるやうに裂けゐて毒茸

境内に展望図版小鳥来る

梟の来てゐる牡丹焚火かな

老いらくもよきかな牡丹焚火見て

大根焚味噌の甘さのよかりけり

味噌を練ることも一役大根焚

干店に牡丹鍋出ておん祭

懸鳥に雉の少なきことを言ふ

人馴れのしてゐる鵟鳥冬ぬくし

鵟鳥の声届く座敷に薬喰

売れ筋は田辺大根歳の市

笑ひ上手ゐる歳晩の笑ひ講

第二章

恵方道

平成二十八年（二〇一六年）～平成二十九年（二〇一七年）

七草を売る一力の裏通り

赤きものあまた売らるる恵方道

湖に落つる切岸蕗の薹
光りつつ風に解れて葦の角

野火見つめゐたり体の冷ゆるまで

川風に末黒の匂ひ立ちにけり

大原志は春志とも　福知山市大原神社の祭礼

大原志丹波の山に雲が湧き
宵宮の寄席も賑はふ大原志

空色のシャツの母と子風光る

薫風や町に蜂蜜直売所

夏来る孔雀の羽に海の色

ライオンの肉球乾く梅雨晴間

きはやかな胸毛の縞目青葉木菟

神木の樟を離れず青葉木菟

スカイライン外れてよりのほととぎす

野鳥塚ある山門のほととぎす

梅雨夕焼棚田は峠近くまで

小賀玉の茂り山には山の神

駒草の岩場に翳りなかりけり

鷺草や山の水引く植物園

碁石忌の大和残暑の極まれり

ものくるる友はよきかな栗ご飯

黄昏るる野の明るさよ蕎麦の花

大花野より月山を仰ぎけり

露けしや出羽月山の行者道

花芒参籠所ある八合目

初あらし湿原の草なぎ倒す

山路行く人屈ませて葛嵐

山毛欅林に炭窯の跡鶲来る

神域に鮭の孵化場秋の水

蜩やはやばや灯す峡の宿

蜩の一つ外れて鳴きにけり

校章は碇のかたち鰯雲

在祭獅子御する子の薄化粧

秋天や磴下り来たる神楽笛

新婚の男囃して在祭

蜂熊と知れる尾羽よ鷹渡る

二百人入る四阿小鳥来る

突端の科白しくじる村芝居

大柄な義経なるよ村歌舞伎

合戦のドラマ佳境に石蕗の花

小春日や艇庫一日開かるる

神農祭解体新書展示され
神農祭薬要らずの人と来る

懸鳥の鯛うつくしき桜色

冷え込みもめでたかりけるおんまつり祭

越後より寄進の毛綱報恩講

一団はボーイスカウト報恩講

東山晴れて祇園のしぐれけり

歳晩の講座に碁石師の話

第三章　春浅し

平成三十年（二〇一八年）〜令和元年（二〇一九年）

クリオネに透ける潮色春浅し

羽繕ひして丹頂の恋始まる

花大根女生徒農学部に増ゆる
農業に就くと告げ来て卒業す

神木の椋の大樹に囀れり

二月堂供田を飛べず雀の子

雀の豌豆山羊の口より零れけり

燕来る牛舎の窓の開かれて

燕の巣四つ許して自転車屋

太陽の塔の両の手柳絮飛ぶ

タンカーの十三ノット鳥雲に

フォルクローレ　南米の民俗音楽

春昼や野外舞台のフォルクローレ

春愁や復元埴輪殯場に

花の雨屯所に残る刀傷

夢殿の烟る卯の花腐しかな

葭切の声の中より雀飛ぶ

卯の花を小さき虫が来て零す
捩子花のこれから捩子を巻くところ

たくましきをみなの腕麦熟る

兄弟が囃して燕巣立ちけり

夏空や放蝶館のガラス屋根

滝落つる天の白布を繰るごとく

茅の輪結ふ男の五人掛りかな

風神に詣で茅の輪を潜りけり

水打つて縁台将棋続きけり

葭簀張り巡らす金魚資料館

山毛欅林は鳥獣保護区鵤鳴く

送り火やひと雨ありし山が霽れ

宮相撲烏鳴きにて始まれり
物言ひもありたる烏相撲かな

烏相撲土やはらかく均されて

雁瘡を病む子をらざる宮相撲

初鵙の声や平群の空へ抜け

山祇の虎魚鳴らして秋の風

雲が雲吐き出してゐる秋の空
風待ちの峰は快晴鷹渡る

隧道の先はみづうみ花芒

一羽なる鳥の白さよ秋の川

大文字草岩打つ水が風を生み

丈低し風の伊良湖のコスモスは

秋草や飛鳥の石は名前持ち

紅玉といふなつかしき林檎買ふ

残る虫鎌のやうなる月が出て
落雁の刹那の風を受けにけり

大綿や木道の先崩れをり

空の色纏ひて来たり雪蛍

食ぶるとは命継ぐこと冬の雁

図書館の蔵書点検冬に入る

ロンドンは雨なる予報漱石忌

煤逃の桂吉弥の落語聞く

平仮名の子の字のびやか初天神

鶯替やゆるやかに打つ触れ太鼓

笹鳴の日当たるはうへ移りけり

仏身に縦割れの罅寒に入る

梅探りをればまどかな鳩の声
姿まで見たるうれしさ初音聞く

冴返る獣のやうな雲飛んで

空に地に鳥の影ある二月かな

源流の青さ濁らず雪解川

残雪の峰に噴煙立ちにけり

木の芽風間欠泉の立ち上がる

開拓の直線道路辛夷咲く

廃坑の蝦夷山桜芽吹きけり

芽吹く木の幹に獣の爪の跡

五万羽の真雁の飛翔春浅し

飛び立ちは一斉春の水動く

春志の石赤きもの拾ひけり

欲のなき人に福餅大原志

ジーンズを着崩してをり種案山子

公園に鳥来るやうに新社員

植田澄む湖北の空の色湛へ

苗箱を洗ふ半日梅雨の晴

夕風にはつかな湿り初蛍

紫陽花や声美しき人に会ふ

透きとほり来れば食べ頃鱧の笛

水軍の墓ある沼島旱梅雨

湖に雲湧く日なり麦を刈る

汐汲みは辛しままこの尻ぬぐひ

湖に続く水郷蘆の花

秋涼し手漕ぎ舟にて水路行く

叢草を声飛び出せり黄鶺鴒

捨て舟の水漬けり蘆の葉隠れに

さはやかや葉擦れの音も櫓の音も

稲妻の走る比良より湖へ

退院の夫に新米炊きにけり

僧籍の教授もゐたる夜学かな

天満流鏑馬疾駆の風を受けにけり

天満流鏑馬馬の機嫌のよかりけり

戦争を知らずに生きてとろろ飯

小春日や鹿がひらりと柵越ゆる

お火焚や湖東くまなく晴れ渡り

お火焚の煙鳶舞ふ高さまで

第四章　お山焼

令和二年（二〇二〇年）〜令和三年（二〇二一年）

大とんど鹿遠巻きにゐたりけり

お山焼火照りに夜風ありにけり

神鶏の集まる日向寒明くる

古道への分岐のしるべ初音聞く

囀の始まりゐたる雑木山

春泥を抜け来て四肢の弛びけり

梅咲いて金色の蘂かがやけり

荒鋤きの供田ふくよか草萌ゆる

大寺の水路濁らせ蜷の道
蜷の道水口に来て行き止まる

飛びさうな色よ日差よ杉の花

日の色に背をかがやかせ春の鹿

里人の持ち寄りて葺く花御堂

花御堂庵主は卒寿越え給ひ

燕来る風待ち港の蔵の梁

風光る鳶の高さを鷗飛び

桜東風路地抜け来れば海が見え

貝寄風や入日大きく茅渟の海

ふるさとの山の霧島躑躅咲く
うらうらと烟る斑鳩豆の花

媛陵へ道は岐れて梅の花

鹿の子の四肢震はせて草に立つ

裏山は横穴古墳ほととぎす

真夜中に啼く竹山のほととぎす

蹲る鹿に卯の花腐しかな

軽鳧の子の草出で入るを見て飽かず

南風吹く港に煉瓦倉庫群
城山の風吹くところ花樗

梔子や錆びたる花もよく匂ふ

茅の輪くぐる竹美しき神苑に

百年の水練学校雲の峰

雪加鳴く刹那の空の青さかな

二上山包む夕虹立ちにけり

養生の夫に粥炊く朝曇

人も鳥も大樹の下にゐて涼し

一枚は猫の占めたる円座かな

蕎麦の花飛騨の日照雨は山を越え

落柿舎の木戸のわたりの昼の虫

新涼や声聞きたしといふ電話

大阪に祭なき年底紅忌

子規祀る寺いつぱいに萩咲かせ

基壇のみ残る鐘楼ちちろ鳴く

鹿除けの柵開けて入る萩の寺

猿沢の池に落ち合ふ良夜かな

枝一つ銜へて鳥の渡りけり

人の手の届かぬところ榠樝の実

菱の実採る湖に鳥待ち兼ねて

繫ぎたる舟に番号鴨来る

坂鳥の越え来る春日原生林

直哉忌の直哉旧居の空澄めり

爽やかや竹真つ直ぐに空へ抜け

日の温みある団栗を拾ひけり

黄落を浴ぶ少年もその母も

鰯雲十六階の美術館

伊吹嶺の雲払はれて鴨の昼

鴨潜くらし美しき水輪三つ

ふたかみの雄岳明るき夕時雨

鳴滝も生駒も中止大根焚

大阪は晴れて大和の雪催
冬芒群がりたれば風を生み

冬耕の畝やはらかく膨らめり

寒禽の声雄岳より雌岳より

歩を踏み出せば笹鳴の退りけり

寒鯉の太る吉野の山水に

如月や白雲光りつつ生まれ

将来の夢はパリ・コレ針供養

手を打てば鯉の大口水温む

環濠に最後のつがひ鴨帰る

犬筥の蹲ふ形あたたかし

重代に薬礬ぎて雛の家

田でありし名残りの畝のれんげ草

手繰り寄せたれば木通の花蕾

芽柳に亭午の風の来りけり

兄弟は相似て違ふつくしんぼ

たんぽぽや先生もゐる縄電車

少年を統ぶる少女よ金鳳花

桜蘂降る氷室神社のきざはしに
博物館は木立隠れに松の花

目の合うて懐《なつ》き来たれり孕み鹿

ふくらめる乳桃色に孕み鹿

外海に白き船影防風摘む

先生を送る島の子木の芽風

花の絵のタイル敷く道燕来る

学校の耐震工事さくら咲く

風光るサーカスの来る港町

春風や胸に真珠のひとつ玉

ひと呼吸して矢車の逆回り

立ち漕ぎの坂に立夏の風受くる

郭公や山毛欅に明るき朝の雨

終日の雨に白薔薇濃く匂ふ

卯の花や光を零し香を零し

野のひかり纏ひて森へ夏の蝶

花樗天空に鳥見失ふ

玫瑰や廃船にある遠き日々

お旅所の島に灯の入る浦祭

浦祭湾一巡の大漁旗

居酒屋の雑魚寝に明かす風の盆

風の盆胡弓に混じる水の音

榠樝の実青し古道の虫籠窓

山巓を白き雲行く葛の花

飛ぶまでの静けさにあり蓮の実

フィナーレの喝采銀杏散りにけり

小鳥来る茅葺き屋根に黐の木に

小鳥来る仕掛時計を待つ時間

星の夜や後戻りして林檎買ふ

恐竜の好きな少年鳥渡る

山祇に七つの道具木の実落つ

漁火の真中へ走り流れ星

枯蘆を潜り来て水うつくしき

神の旅遠流の島へ雲飛んで

竹林に雨蕭蕭と冬に入る

凩に雀退らずたぢろがず

番鴨一つ加へて神の池

浮寝鳥夫目覚むれば妻もまた

切り火して炉開山の小学校

日は海へ移り六甲山凍つる

かつて火を噴きしかの山眠りけり

大きなる獣のごとく山眠る

後書き

俳句と出合ったのは、平成十九年八月、龍谷大学の夏期俳句講座に、社会人コースの学生として参加したことがきっかけでした。四日間の講座修了後に、運河の田邉富子さんからお誘いを受け、深く考えもせず二つ返事で運河に入会してしまいました。たった四日間の受講だけで俳句結社の何たるかも知らず、今思えば無謀なことですが、そういう軽率なところが私にはあります。還暦を迎えた年でした。入ったものの三年間の龍谷大在学中は、勉学に追われ俳句どころではなく、運河誌への毎月の投句も出したり出さなかったりという極めて不熱心な状態が続いていました。

改めて俳句に向き合ったのは卒業後のことで、入会から三年も経っていました。吟行や句会に参加するようになり、また茨木和生先生のご指導を直に受けるようになって少しずつ俳句に馴れ親しんでいきました。晩学の本当に遅々とした歩みであります。

ある時、茨木先生が、「俳句はとどまらず前へ進まなければいけない。前へ進まなければ後へ戻ってしまう。」と仰ったことがあります。心に深く残った一言でした。

俳句を作るという営みは、一歩ずつ山道を登るようなものなのだろうと思います。前へ進まなければ退るしかないということです。さらなる高みを目指す弛みない歩みです。

初学の頃から十年あまり、ただ一途に歩んで来たこれまでの道筋を今一度振り返り、自分の詠み紡いで来た俳句の景色を眺めてみたいと思い、句集に纏める決心をしました。まことに拙い作品ではありますが、私の今後への第一歩と考えております。これまで多くの句座を共にして下さった皆様、私の成長を見守って下さった方々にお読み頂ければ幸いに存じます。

俳句は私の日常をゆたかに彩ってくれました。十年の日々はいつも平穏であったとは言えませんが、どんな時にも俳句に支えられて来たように思え、俳句を手離さないで来たことを本当によかったと思います。

俳句を作るのは時に苦しみでもあります。納得できる句ができず自信をなくしたり、行き詰まりを感じたりするのは誰もが経験することだと思います。が、「苦しみもまた楽し」です。人生に俳句がある喜びは捨てられません。

数年前の早春、北海道美唄市の宮島沼を訪れたことがあります。真雁の渡りの中継地として有名なところで、かつては炭鉱の町として栄え、今は豊かな田園地帯が広がっています。

収穫後の落ち籾を目当てに渡りの途中の雁たちがやって来ます。折しも帰雁のさ中で、シベリアまでの遥かな旅のエネルギーを蓄えるため、夜明けから日暮れまで周辺の田に散らばった雁たちは、一日中せっせと落ち籾を食べ続けるのです。崇高な姿です。

暁の沼の水をゆっくりと弧を描くように動かし、誰かが指揮したかのように一斉に飛び立つさまや、何万羽という雁の列が沼の空を覆い尽くす光景は、思わず息を呑む見事さで今も目に焼き付いています。

　五万羽の真雁の飛翔春浅し　駒代
　飛び立ちは一斉春の水動く　駒代

これからも私は、美しい母国の自然と生き物たちを詠み続けたいと思います。俳句に出合った幸運を喜びとして。

これまでお導き下さった茨木和生先生ありがとうございました。いつも楽しく吟行や句会を共にして下さる運河や鳳の皆様の友情に深く感謝致します。

句集上梓に際して、鳳主宰の浅井陽子先生には、温かい励ましを頂いた上、選句や序文などを賜り一方ならずお世話になりました。ありがとうございました。

また、出版に当たってお世話になったふらんす堂の皆様に深く感謝申し上げます。

晩学にある一筋の恵方道　駒代

令和四年（二〇二二年）三月

藤田駒代

付記

この句集を編んでいるさ中に、長く病気療養中であった夫が他界しました。生前は、私の俳句についてほとんど何も言わなかった夫でしたが、この句集の完成を見て何と言ったでしょうか。その言葉が聞けなかったことを何よりも残念に思います。

著者略歴

藤田駒代（ふじた・こまよ）

昭和22年（1947年）　兵庫県尼崎市に生まれる
平成19年（2007年）　「運河」入会
平成25年（2013年）　平成25年度運河賞受賞
平成26年（2014年）　浮標集同人
平成29年（2017年）　「鳳」に同人参加
平成30年（2018年）　第25回運河俳句賞受賞
令和３年（2021年）　令和3年度浮標賞受賞

現　在　「運河」「鳳」同人　俳人協会会員

現住所　〒547-0003　大阪市平野区加美南2丁目
5番2-406号

句集　恵方道　えほうみち

二〇二一年四月一五日　初版発行

著　者――藤田駒代

発行人――山岡喜美子

発行所――ふらんす堂

〒182-0002 東京都調布市仙川町一―一五―三八―二F

電　話――〇三（三三二六）九〇六一　FAX〇三（三三二六）六九一九

ホームページ http://furansudo.com/ E-mail info@furansudo.com

振　替――〇〇一七〇―一―一八四一七三

装　丁――和　兎

印刷所――創栄図書印刷㈱

製本所――創栄図書印刷㈱

定　価――本体二五〇〇円＋税

ISBN978-4-7814-1449-2 C0092 ¥2500E

乱丁・落丁本はお取替えいたします。